雪人(又名雪怪)

分類：

巨人族

棲息地：

任何有雪覆蓋的
地方就有他們的
身影

體型：

2 ～ 2.5 公尺，
150 ～ 200 公斤

壽命：

大約八十歲

家庭：

喜歡生活在小群體中

生活方式：

多數的雪人都是素食者。不過在冬季，他們可能會偷走放在荒野小木屋裡的脂肪球[1]。他們居住在洞穴和雪堡裡。

大獠牙

外型特徵：

有蓬鬆毛茸茸的白色或淡藍色的皮毛，粉紅色的腳趾，成年雪人有兩顆彎曲的獠牙。

---

1 脂肪球（talipallo），冬天用來餵養小鳥，用脂肪和種子混合製作的食物球。

雪地腳印

PAINAJAISPUOTI
HIRMUINEN JUMIMIES

歡迎光臨惡夢雜貨店

冰天雪地大毛怪

晨星出版

屁沙，
雜貨店幽靈

- 心地善良的幽靈
- 相當於人類年齡十歲
- 幾年前，在一場放屁笑話和炸魚條引起的意外中不幸過世（我們要小心有關放屁的笑話！還有炸魚條！）

妮妮，
雜貨店小幫手

- 鬼靈精怪的九歲小女孩
- 個性非常固執……才不是，是意志力堅定
- 非常喜歡小貓咪以及酸溜溜的糖果

章魚怪羅利斯，
雜貨店吉祥物

- 聰明絕頂的章魚
- 老闆怪爺爺的怪寵物，可不是嗎？
- 沒有一個地方能逃得過牠那滑溜溜的觸手

怪爺爺，雜貨店老闆

- 非常古怪的老紳士
- 留著像海象一樣的鬍子
- 經常在自己的店裡迷路

可怕的大毛怪

- 體型高大、濃密多毛
  (有些時候確實是這樣子)
- 神祕人物
- 實際年齡不詳
- 喜歡把自己塞進狹窄的
  空間裡

店裡下雪了！

那天早上當妮妮出門去上班的時候，她想都沒想到會有個大驚喜正等著她。整間惡夢雜貨店全被厚厚的雪覆蓋住了。

「真是太奇怪了！」妮妮詫異道。

只有惡夢雜貨店的周圍下著雪，但是伊爾瑪的冰淇淋攤那裡卻陽光明媚。幸運的是，還好妮妮隨身帶著手套、圍巾和毛帽以防萬一。

當妮妮走進店裡時，她大吃一驚。

一片片的大雪花飄落到地上，店幽靈屁沙嘗試用嘴接住雪花並放進嘴巴裡，可惜雪花只是溜過他的舌頭，滑落到地板上。

「現在發生的是正常的事嗎？」妮妮問道。畢竟惡夢雜貨店常常發生稀奇古怪的事，快要見怪不怪了！

「恐怕不是。」屁沙答道。

「那我們現在該怎麼辦？」

「堆雪人？」屁沙提議道。

「好主意！」妮妮興奮地說道。

9

羊毛襪小妖精

怪爺爺氣喘吁吁地衝了過來，懷裡還抱著一堆顫抖不停的牙妖精。

「這麼寒冷實在是太可怕了！」怪爺爺埋怨道。

「到底發生了什麼事？」妮妮問道。「好像惡夢雜貨店突然進入冰河時期一樣！」

「我一點頭緒也沒有。」怪爺爺承認說道。說完他便開始把牙妖精塞進羊毛襪裡，然後將他們一個一個掛在曬衣繩上。

「我們去一探究竟！」妮妮興奮地說道。

「喔，有必要這麼做嗎？」
屁沙嘟嚷說道。

大家決定組一支探險隊。但是，要去哪裡探險呢？

　　「樓上更冷。」怪爺爺突然想到這點。「可憐的牙妖精被結凍的牙菌斑給凍成冰塊，他們快被凍死了！」

　　「或許冰河時期的原因在屋頂上？」妮妮思索道。

　　怪爺爺嘟噥說道：

　　「如果我們打算爬到屋頂上，那我們需要合適的裝備。」

　　「後面的冬季儲藏室裡有！」屁沙回答道。

大毛怪現身

存放著冬季衣物的儲藏室的門，卡住打不開了。怪爺爺、妮妮和屁沙不得不一起使勁用力，結果門突然砰的一聲打開了。

一群人全都摔倒在地。

「那是誰？」屁沙尖叫喊道。

「不是很重要的人。」大毛怪回答道，然後又把自己塞回門縫，擋住了門口。

「好吧，你快讓開。」妮妮大聲說道，把大毛怪推到一旁去。「我們趕時間呢！」

15

怪爺爺一行人全穿上了適合極地氣候的禦寒衣物和裝備。

攜帶裝備：

- 雪鏟
- 冰斧
- 研究器材
- 熱呼呼的飲料

過了一會兒，這支探險隊一切就緒，準備出發了。但是，這時天氣卻變得比剛剛更糟、更惡劣了！

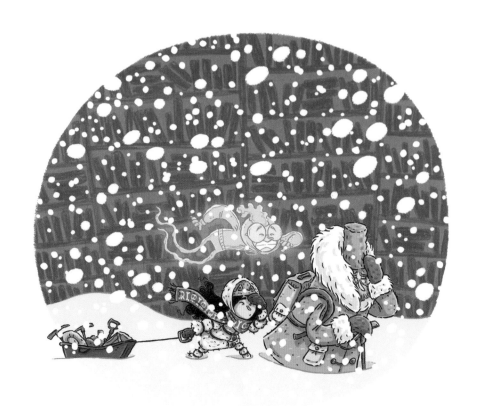

雪下得這麼大，根本看不清楚前方。

「我們現在在哪裡？」妮妮問道。

「在書房。」怪爺爺抱怨道。

「不知道我那些驚悚小說的書蟲們現在怎麼樣了？」

他們在《嘎嘎大笑的女巫故事》的書頁裡找到了書蟲們。

「他們全都凍僵了。」怪爺爺驚呼道。「我們現在該怎麼辦才好？」

「我知道！」屁沙想到了一個好點子。

「把他們放到《熾熱的愛情故事》裡！」

等到書蟲們身體變暖和後，探險隊繼續他們的任務。

到處卡住！

但是，樓梯也被堵住了。

「又是那個傢伙！」屁沙嘆了口氣，不滿地說道。「他的頭被欄杆卡住了。」

「我只是想試試看嘛。」大毛怪嘟囔地說道。「也許你們可以幫個忙……？」

「真是令人討厭的傢伙。」妮妮嘀咕道。

大家一起把大毛怪從樓梯欄杆中解救出來。

「他還好吧？」怪爺爺擔心地問道。

探險隊往惡夢
雜貨店的頂樓一層
一層地向上爬。

但是，無論探險隊走到哪裡，都會遇上被卡住的大毛怪。現在他就倒臥在女巫用品儲藏室的門檻上。

他卡在食蟲植物籠子前，阻擋了大家的去路。

他像一塊大木板躺
在吱吱作響的樓梯上，

嘶嘶嘎嘎

嘶嘎哩嘎

喀喀嘎

嘰噎嘶

樓梯喧鬧的
像在尖叫般。

嘶嘎哩噎

嘎啦啦嘎嘶

嘎哩哩嘎嘶

而且，
他居然一點歉意
也沒有。

25

妮ㄋㄧˊ妮ㄋㄧˊ氣ㄑㄧˋ炸ㄓㄚˋ了ㄌㄜ˙

探ㄊㄢˋ險ㄒㄧㄢˇ隊ㄉㄨㄟˋ終ㄓㄨㄥ於ㄩˊ成ㄔㄥˊ功ㄍㄨㄥ抵ㄉㄧˇ達ㄉㄚˊ通ㄊㄨㄥ往ㄨㄤˇ屋ㄨ頂ㄉㄧㄥˇ的ㄉㄜ˙門ㄇㄣˊ口ㄎㄡˇ。但ㄉㄢˋ是ㄕˋ，在ㄗㄞˋ那ㄋㄚˋ裡ㄌㄧˇ迎ㄧㄥˊ接ㄐㄧㄝ他ㄊㄚ們ㄇㄣ˙的ㄉㄜ˙還ㄏㄞˊ會ㄏㄨㄟˋ有ㄧㄡˇ誰ㄕㄟˊ呢ㄋㄜ˙……？

「又ㄧㄡˋ是ㄕˋ那ㄋㄚˋ個ㄍㄜ˙大ㄉㄚˋ個ㄍㄜ˙子ㄗ˙。」屁ㄆㄧˋ沙ㄕㄚ哀ㄞ嚎ㄏㄠˊ道ㄉㄠˋ。

「我ㄨㄛˇ再ㄗㄞˋ也ㄧㄝˇ受ㄕㄡˋ不ㄅㄨˋ了ㄌㄧㄠˇ了ㄌㄜ˙！」
妮ㄋㄧˊ妮ㄋㄧˊ大ㄉㄚˋ聲ㄕㄥ哭ㄎㄨ喊ㄏㄢˇ道ㄉㄠˋ。「他ㄊㄚ怎ㄗㄣˇ麼ㄇㄜ˙會ㄏㄨㄟˋ
無ㄨˊ所ㄙㄨㄛˇ不ㄅㄨˊ在ㄗㄞˋ啊ㄚ˙？」

　妮ㄋㄧˊ妮ㄋㄧˊ把ㄅㄚˇ她ㄊㄚ的ㄉㄜ˙筆ㄅㄧˇ記ㄐㄧˋ丟ㄉㄧㄡ到ㄉㄠˋ雪ㄒㄩㄝˇ堆ㄉㄨㄟ
裡ㄌㄧˇ，嘟ㄉㄨ起ㄑㄧˇ嘴ㄗㄨㄟˇ來ㄌㄞˊ生ㄕㄥ著ㄓㄜ˙悶ㄇㄣˋ氣ㄑㄧˋ。

　怪ㄍㄨㄞˋ爺ㄧㄝˊ爺ㄧㄝˊ輕ㄑㄧㄥ輕ㄑㄧㄥ拍ㄆㄞ了ㄌㄜ˙妮ㄋㄧˊ妮ㄋㄧˊ的ㄉㄜ˙肩ㄐㄧㄢ
膀ㄅㄤˇ，並ㄅㄧㄥˋ問ㄨㄣˋ道ㄉㄠˋ：

　「要ㄧㄠˋ不ㄅㄨˋ要ㄧㄠˋ喝ㄏㄜ杯ㄅㄟ熱ㄖㄜˋ可ㄎㄜˇ可ㄎㄜˇ？」

　　喝了熱可可以後，妮妮的心情平靜了下來。不過她仍然生氣地看著那個討人厭的大毛怪。

　　「如果讓他加入，跟著我們走呢？」怪爺爺建議道。「或許他只是需要一個朋友？」

「你們看，他已經坐在雪橇上了。」屁沙注意到了。

「你的意思是，他卡在雪橇上了。」妮妮冷冷地回應道。

越來越冷

　　當大毛怪終於不再到處擋路時，探險隊的步伐變得像溜冰一樣順暢無比。

　　「這個大個子看起來有點眼熟，」屁沙小聲地對妮妮說道。「但是，他到底是誰呢？」

　　「至少不會是羅利斯，」妮妮相當確定。「大個子只有兩隻腳，太少了。對了，羅利斯在哪裡？」

「這場暴風雪開始時就沒看
到他的蹤影了。」屁沙回答道。

「這件事的確有些奇怪。」妮
妮嘟噥道。

探險隊打開通往惡夢雜貨店頂樓的門。

「零下30……32……34！」怪爺爺驚訝地喊道。「我從來沒經歷過這麼寒冷的天氣！」

「我的鼻子都要凍僵了。」妮妮驚嘆道。

「救命啊！我的靈衣要結冰了！」屁沙也驚慌地喊道。「我們會變怎麼樣？」

章魚冰棒

他們在屋頂上發現了一個奇怪的冰雕。

「哇！」屁沙驚訝叫道。「那個大大的東西是什麼？」

「那是羅利斯！」怪爺爺大吃一驚。「他凍成一支章魚冰棒了！」

「冰淇淋店的伊爾瑪可能會很喜歡這個。」妮妮小聲對屁沙說道。

現在章魚冰棒身上包裹著毛毯。除此之外，大毛怪也坐在上面。

「你在做什麼！」妮妮驚喊道。

「我毛茸茸的屁股很溫暖。」大毛怪解釋道。

36

「快喝杯熱可可吧。」當羅利斯身體開始融化時，怪爺爺敦促著。

「噗嚕──嚕──嚕嚕──嗒。」章魚顫抖地說道。

冷凍製冰機

　　妮妮和屁沙正在研究一台奇怪的機器，他們是在找到羅利斯的地方發現它的。

　　「它是從這裡吸入暖空氣。」妮妮弄清楚後說道。

　　「然後冷空氣是從這裡排出來的。」屁沙接著指出。

　　「怎麼關掉這台機器？」

　　妮妮和屁沙嘗試按下每個按鍵。「沒有用，」屁沙氣餒地嘆了口氣。「它們全都結冰卡住了！」

39

「但是看看這個！」妮妮驚呼道。

「這是什麼？」

羅利斯的超級

1. 建造一台冰河時期機器

2. 冰凍城市的一些地方：

○ 伊爾瑪的冰淇淋店？

○ 幽靈動物園？

○ 吸血鬼養老院？

3. 勒索贖金

4. 用贖金購買一台更大的
   冰河時期製冰機！！！

「噢ˋ，真ㄓㄣ是ㄕ個ㄍㄜ大ㄉㄚ壞ㄏㄨㄞˋ蛋ㄉㄢˋ！」妮ㄋㄧˊ妮ㄋㄧˊ氣ㄑㄧˋ呼ㄏㄨ呼ㄏㄨ地ㄉㄧˋ說ㄕㄨㄛ道ㄉㄠˋ。「我ㄨㄛˇ們ㄇㄣ˙必ㄅㄧˋ須ㄒㄩ將ㄐㄧㄤ這ㄓㄜˋ件ㄐㄧㄢˋ事ㄕˋ告ㄍㄠˋ訴ㄙㄨˋ怪ㄍㄨㄞˋ爺ㄧㄝˊ爺ㄧㄝˊ！」

「我ㄨㄛˇ們ㄇㄣ˙不ㄅㄨˋ能ㄋㄥˊ這ㄓㄜˋ麼ㄇㄜ˙做ㄗㄨㄛˋ，」屁ㄆㄧˋ沙ㄕㄚ說ㄕㄨㄛ道ㄉㄠˋ。「怪ㄍㄨㄞˋ爺ㄧㄝˊ爺ㄧㄝˊ一ㄧˊ定ㄉㄧㄥˋ會ㄏㄨㄟˋ很ㄏㄣˇ傷ㄕㄤ心ㄒㄧㄣ的ㄉㄜ˙」。

「好ㄏㄠˇ吧ㄅㄚ˙，但ㄉㄢˋ我ㄨㄛˇ們ㄇㄣ˙至ㄓˋ少ㄕㄠˇ得ㄉㄟˇ阻ㄗㄨˇ止ㄓˇ那ㄋㄚˋ個ㄍㄜ˙傢ㄐㄧㄚ伙ㄏㄨㄛˇ！」

妮ㄋㄧˊ妮ㄋㄧˊ和ㄏㄢˋ屁ㄆㄧˋ沙ㄕㄚ一ㄧˋ起ㄑㄧˇ動ㄉㄨㄥˋ手ㄕㄡˇ試ㄕˋ圖ㄊㄨˊ弄ㄋㄨㄥˋ壞ㄏㄨㄞˋ製ㄓˋ冰ㄅㄧㄥ機ㄐㄧ。

大（ㄉㄚˋ）毛（ㄇㄠˊ）怪（ㄍㄨㄞˋ）阻（ㄗㄨˇ）擋（ㄉㄤˇ）災（ㄗㄞ）難（ㄋㄢˊ）

「喔（ㄛ），我（ㄨㄛˇ）的（ㄉㄜ˙）老（ㄌㄠˇ）天（ㄊㄧㄢ）爺（ㄧㄝˊ）啊（ㄚ）！沒（ㄇㄟˊ）有（ㄧㄡˇ）辦（ㄅㄢˋ）法（ㄈㄚˇ）弄（ㄋㄨㄥˋ）壞（ㄏㄨㄞˋ）這（ㄓㄜˋ）台（ㄊㄞˊ）機（ㄐㄧ）器（ㄑㄧˋ）。」妮（ㄋㄧˊ）妮（ㄋㄧˊ）憤（ㄈㄣˋ）怒（ㄋㄨˋ）地（ㄉㄧˋ）說（ㄕㄨㄛ）道（ㄉㄠˋ）。

「我（ㄨㄛˇ）們（ㄇㄣ˙）現（ㄒㄧㄢˋ）在（ㄗㄞˋ）該（ㄍㄞ）怎（ㄗㄣˇ）麼（ㄇㄜ˙）辦（ㄅㄢˋ）？」屁（ㄆㄧˋ）沙（ㄕㄚ）哀（ㄞ）嚎（ㄏㄠˊ）道（ㄉㄠˋ）。

後（ㄏㄡˋ）來（ㄌㄞˊ）妮（ㄋㄧˊ）妮（ㄋㄧˊ）想（ㄒㄧㄤˇ）到（ㄉㄠˋ）了（ㄌㄜ˙）一（ㄧ）個（ㄍㄜˋ）好（ㄏㄠˇ）辦（ㄅㄢˋ）法（ㄈㄚˇ）。

「如果我們把它卡住呢？」

大毛怪豎起耳朵，躡手躡腳地靠過來。

「你能幫幫我們嗎？」屁沙開口問道。

大毛怪一點也不介意幫這個忙。

「我本來就喜歡待在狹窄的地方。」他說道。

現在大毛怪被硬塞進製冰機裡頭。「我們再用力一點！」妮妮喊道。這時怪爺爺也一起來幫忙了。

「大家一起用力！數到三，一、二、三，用力！」

把大毛怪越往機器裡面推，冰河時期機器發出的噪音就越來越大聲。它先是發出了「啦嘡！碰！」的撞擊聲，最後只剩「嘟－呦－呦－呦咿咿！」

然後整台機器就停止運轉了。

怪爺爺往機器裡面探一探。

「裡面傳來笑聲。」怪爺爺感到十分疑惑。

「做得好，大個子！」屁沙歡呼道。「妮妮，你是不是也這麼覺得啊？」

「是啊。」妮妮最後不得不承認這一點。「大個子真的是一個很棒的傢伙！」

可怕的掉毛季節

空氣馬上變得溫暖了起來。

「呼！呼！」怪爺爺氣喘吁吁地驚呼。「我連鬍子都流汗了。」

「太棒了！我的靈衣又變得黏糊糊的了。」屁沙高興地說道。

「但是，那個大個子到底發生什麼事？」妮妮問道。

製冰機裡傳出呵呵呵的大笑聲，但是從通風口湧出來的並不是寒風，而是大量的白色毛髮。

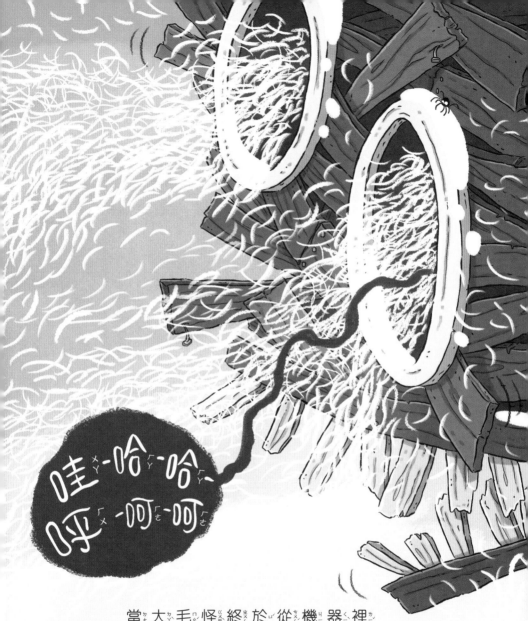

當ㄉㄤ大ㄉㄚˋ毛ㄇㄠˊ怪ㄍㄨㄞˋ終ㄓㄨㄥ於ㄩˊ從ㄘㄨㄥˊ機ㄐㄧ器ㄑㄧˋ裡ㄌㄧˇ
爬ㄆㄚˊ出ㄔㄨ來ㄌㄞˊ時ㄕˊ，少ㄕㄠˇ了ㄌㄜ毛ㄇㄠˊ髮ㄈㄚˇ的ㄉㄜ他ㄊㄚ看ㄎㄢˋ起ㄑㄧˇ來ㄌㄞˊ是ㄕˋ
完ㄨㄢˊ全ㄑㄩㄢˊ不ㄅㄨˋ同ㄊㄨㄥˊ的ㄉㄜ生ㄕㄥ物ㄨˋ。

「是床底怪物！」怪爺爺一眼就認出來了。

「難怪他看起來這麼眼熟！」屁沙恍然大悟說道。「通常只會在晚上時才會偶爾看到他一眼」。

「現在床底下全堆滿了雪，」妮妮接著說道。「所以他沒有辦法繼續躲在平常藏身的地方。」

「如鼠如實[2]，就是這樣沒錯。」床底怪物承認道。「那裡太擠了，我連大喊『噗』的空間也沒有。」

---

2 如鼠如實（Totta kuin rotta），芬蘭文諺語，意思是「絕對真實」，用來表達確認某件事的真實性。

屋頂上的熱可可

「幸運的是，一切都圓滿落幕了。」屁沙總結道。

「還差一點，事情還沒完全結束喔！」妮妮嘀咕道。「整個惡夢雜貨店都被大雪覆蓋了。必須有人負責把它全部鏟除乾淨，免得雪融化弄溼了所有東西。」

屁_{ㄆ一}沙_{ㄕㄚ}和_{ㄏㄜ}妮_{ㄋ一}妮_{ㄋ一}同_{ㄊㄨㄥ}時_ㄕ瞪_{ㄉㄥ}了_{ㄌㄜ}羅_{ㄌㄨㄛ}利_{ㄌ一}斯_ㄙ一_一眼_{一ㄢ}。

「我_{ㄨㄛ}們_{ㄇㄣ}很_{ㄏㄣ}快_{ㄎㄨㄞ}就_{ㄐ一ㄡ}會_{ㄏㄨㄟ}一_一起_{ㄑ一}解_{ㄐ一ㄝ}決_{ㄐㄩㄝ}這_{ㄓㄜ}個_{ㄍㄜ}問_{ㄨㄣ}題_{ㄊ一}的_{ㄉㄜ}，」怪_{ㄍㄨㄞ}爺_{一ㄝ}爺_{一ㄝ}笑_{ㄒ一ㄠ}著_{ㄓㄜ}說_{ㄕㄨㄛ}道_{ㄉㄠ}。「但_{ㄉㄢ}是_ㄕ，我_{ㄨㄛ}們_{ㄇㄣ}先_{ㄒ一ㄢ}來_{ㄌㄞ}喝_{ㄏㄜ}杯_{ㄅㄟ}熱_{ㄖㄜ}可_{ㄎㄜ}可_{ㄎㄜ}吧_{ㄅㄚ}！」

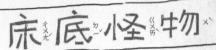

床底怪物

分類：

怪物

棲息地：

生活在床底下，
灰塵越多越好！

壽命：

不詳

體型：

根據床底下的空間而
有所不同，只是要狹
窄到能夠讓他大大的
身軀塞滿。如果沒有
床的話，他們也喜歡
縮在小角落裡。

家庭：

獨居，但是也喜歡和
其他生物一起相處。

生活方式：

夜行性動物。白天睡
覺，因為他們整晚都忙
著製造噪音和發出打嗝
聲，吵醒睡在床上的人，
讓他們一夜不得好眠。
（真是可惡啊！）

外型特徵：

藍色或紫色的皮毛有
助於他們隱身躲藏。
有長角和大獠牙（真
可怕！）。還有可以
抓住小孩腳踝的長長
的手臂。

天氣寒冷的時
候，床底怪物可
能會長出厚厚的
皮毛。

呼白！

嗝

噁呦噗吐

噎呦噗！

嗚呵噗！

哺呦呵！

吞下世界的貓

關於無私戰勝自私，
純真信仰戰勝慾望的奇幻童話故事

一個瘦小的女孩，遇上肚子咕嚕咕嚕叫的大黑貓，
貓兒吃掉了全世界還是止不住飢餓，
他也想把眼前這個比他腳趾還要小的女孩給吃了。

女孩求貓兒給她一天的時間，她會在一天內幫他找到替代的食物，
他們一起踏上了覓食的旅程，黑貓越發因為女孩的善良而喜歡她，
女孩儘管發現黑貓的殘酷卻察覺事有蹊蹺……

定價：350 元

歡迎光臨惡夢雜貨店

可怕的癢癢粉

定價：350 元

進入神祕的魔幻商店，展開一連串不思議的挑戰

為了圓夢買輛腳踏車，妮妮來到「惡夢雜貨店」應徵幫手。

櫥窗上擺設的巫毒娃娃吸引著妮妮，
但當她走進店裡卻發現老闆在地板上發狂地笑個不停。
這時綠油油的幽靈跑出來告訴她，老闆中了可怕的癢癢粉，
必須幫老闆找出解藥 ──「不再癢癢粉」才能順利完成面試。

歡迎光臨惡夢雜貨店
弄丟牙齒的吸血鬼

定價：350 元

沒有牙齒的吸血鬼還讓人害怕嗎？

冰淇淋攤販的老闆娘遭到吸血鬼咬了一口！
但是她不是尖聲大喊救命而是驚喊「噁心！」

原來吸血鬼盧阿光的牙齒不見了，那他還算是吸血鬼嗎？
妮妮帶盧阿光進入「惡夢雜貨店」想幫他解決沒牙的困擾，
店幽靈想起店內有很多牙商品，或許盧阿光可以找到適合的。

但是除了盧阿光的尖牙外，惡夢雜貨店和冰淇淋攤也開始陸續遭竊！

國家圖書館出版品預行編目 (CIP) 資料

歡迎光臨惡夢雜貨店：冰天雪地大毛怪/瑪格達萊娜·海依 (Magdalena Hai) 著；提姆·尤哈尼 (Teemu Juhani) 繪；
陳綉媛 譯. -- 初版. -- 臺中市：晨星出版有限公司, 2024.05
面；14.8*21公分. -- (蘋果文庫；160)
譯自: Painajaispuoti Hirmuinen Jumimies
ISBN 978-626-320-829-2 (精裝)

CIP 881.1596   113004699

蘋果文庫 160

歡迎光臨惡夢雜貨店：冰天雪地大毛怪
Painajaispuoti Hirmuinen Jumimies

作者——瑪格達萊娜·海依 (Magdalena Hai)

繪者——提姆·尤哈尼 (Teemu Juhani)

譯者——陳綉媛

編輯：呂曉婕

封面設計：鐘文君 ｜ 美術編輯：鐘文君

創辦人：陳銘民 ｜ 發行所：晨星出版有限公司

407 台中市工業區 30 路 1 號 ｜ TEL：(04) 23595820 ｜ FAX：(04) 23550581

Email：service@morningstar.com.tw

行政院新聞局局版台業字第 2500 號 ｜ 法律顧問：陳思成律師

讀者服務專線：(02) 23672044 / (04) 23595819#212
讀者傳真專線：(02) 23635741 / (04) 23595493
讀者專用信箱：service@morningstar.com.tw
晨星網路書店：http://www.morningstar.com.tw
郵 政 劃 撥：15060393 (知己圖書股份有限公司)
印　　　刷：上好印刷股份有限公司

初版日期：2024 年 05 月 15 日
ISBN：978-626-320-829-2
定價：新台幣 350 元